TABLETTES DU BIBLIOPHILE

La Société du Livre illustré

Il y a quelque temps, un certain nombre d'artistes se sont réunis en une association qu'ils ont appelée « Société artistique du Livre illustré ». Des statuts ont été rédigés dans les formes légales; un siège social a été fixé : il est au numéro 4 de la rue des Petits Champs. Le programme consistait à éditer des livres artistiques. — Mais quoi? dira-t-on; n'y a-t-il pas les éditeurs? — Sans doute; seulement, les éditeurs sont des marchands, ou, si l'on préfère, des industriels; ils se placent, ils doivent se placer à un point de vue qui n'est pas toujours celui de l'art pur. Ils sont infiniment secourables aux artistes, à qui ils procurent des travaux; mais parfois l'artiste les trouve gênants : ils ne lui laissent pas sa pleine liberté. Aussi le premier but de la « Société du Livre illustré » était, d'après les statuts, « de donner à ses membres le moyen de se livrer à leurs inspirations, sans autre souci que celui de l'art ».

Il y avait un autre but; je copie encore les statuts : « Procurer aux sociétaires une meilleure rétribution de leurs travaux en supprimant, entre eux et le public, les intermédiaires onéreux. » C'est tout uniment le principe des « coopératives de production et de consommation » étendu au domaine de l'art.

Mais en matière de publications, les éditeurs sont des intermédiaires plus indispensables encore qu'ils ne sont onéreux; ils ont les moyens de *lancer* les livres, de les répandre, de les porter à la connaissance du public. Je m'adresse ici à des lecteurs dont la plupart sont des bibliophiles qui se tiennent au courant du mouvement des idées et de l'art. En est-il beaucoup parmi eux qui aient entendu parler de la Société que je leur signale? J'en doute. Faute « d'intermédiaires », cette Société est restée un peu isolée dans sa fière indépendance. Peut-être lui serai-je de quelque utilité en faisant savoir qu'elle existe. Mais surtout j'ai la certitude de rendre service, en révélant ses travaux, aux amateurs qui les ignorent.

C'est qu'il y a là un groupement d'artistes de la plus haute valeur. Les dessinateurs s'appellent Lepère, Gérardin, Moulignier, Louis Tinayre. Les graveurs qui les interprètent sont Clément, Bellanger, Paillard, Noël. Qui se ressemble s'assemble. Ces artistes se sont assemblés parce qu'ils sont tous des convaincus, et des consciencieux. Ils possèdent à fond le métier, ils y excellent, ils y sont passés maîtres, des succès éclatants et mérités ont, d'ailleurs, consacré leur supériorité. Mais, en outre, ce sont des chercheurs, des passionnés, d'incessants créateurs. Leurs aptitudes de modernes et de Parisiens se sont merveilleusement affirmées dans les deux livres sortis de leur collaboration; le premier parut en 1890, sous le titre : *Le Journal*; le second fut publié en 1893; il est intitulé *Le Théâtre*, le texte est de M. Francisque Sarcey. Plusieurs autres volumes sont en préparation.

Ces livres sont tirés à très petit nombre : cinq cents exemplaires. Ils sont imprimés chez Lahure, sur la presse à bras. Les artistes ont fait au goût régnant la concession de quelques eaux-fortes; mais ils proclament leurs préférences pour la gravure sur bois, « la seule, disent-ils, qui, tout en faisant ressortir le talent du dessinateur en même temps que l'habileté du graveur chargé de traduire sa pensée, ait le mérite de faire véritablement corps avec le texte. » Le fait est que la gravure sur bois, appliquée à leurs compositions et exécutée par eux, donne d'incomparables effets de couleur et atteint une puissance qui rappelle les meilleures époques et les plus admirables productions de l'art.

La « Société du Livre illustré » est digne, par son but, de la sympathie des bibliophiles; dès à présent, elle a droit, par ses résultats, à leur reconnaissance.

***

Désignation	Coupon	Cours
Ville de Paris 18..	[illegible]	[illegible]
— [illegible]	[illegible]	[illegible]
— [illegible]	[illegible]	[illegible]
— [illegible]	[illegible]	[illegible]
— 1876	[illegible]	[illegible]
— [illegible] 3 %	août	[illegible]
— % à 150	[illegible]	[illegible]
Nouv. 20 L. p.	[illegible]	[illegible]
quarts d'obligation	[illegible]	[illegible]
Ville de Marseille	31 juillet	[illegible]
Ville de Bordeaux	[illegible]	[illegible]
Ville de Lille 1860	avril	[illegible]
Ville de Lyon	15 juillet	[illegible]
Ville de Roubaix et Tourcoing	[illegible]	[illegible]
Ville de Constantine	janvier	[illegible]
Foncières 1877 t. p.	février	[illegible]
— 1879 t. p.	nov.	[illegible]
— 1883 t. p. sans lots	janvier	[illegible]
— 1885 3 % r. à 500 t. p.	octobre	[illegible]
Communal 1879 3 % r. à 500 l. p.	mars	[illegible]
— 1880 3 % à p.	[illegible]	[illegible]
— 1891 3 % lib.	octobre	[illegible]
— 1892 2.60 %	janvier	[illegible]
Banque Hypothéc. de France	nov.	[illegible]
— 3 % 5t.	[illegible]	[illegible]
Fonc. immeubl. lib. r. à 1.000	nov.	[illegible]
— à % 500 l. à. p.	[illegible]	[illegible]
Bono-Guelma	[illegible]	[illegible]
Est 3 %	décembre	[illegible]
Est 3 % nouvelles	mars	[illegible]
Ardennes	janvier	[illegible]
Est-Algérien	15 janvier	[illegible]
Mostaganem à Tiaret	[illegible]	[illegible]
Est-Grande-Ceinture	[illegible]	[illegible]
Lille-Béthune	janvier	[illegible]
Lyon 3 %	janvier	[illegible]
— Bourbonnais	[illegible]	[illegible]
— Dauphiné	[illegible]	[illegible]
— Genève 1855, Lyon	[illegible]	[illegible]
— Méditerranée 3 %	[illegible]	[illegible]
— P.-L.-Médit. fus. ana.	nouv.	[illegible]
Victor-Emmanuel 1881	[illegible]	[illegible]
Médoc	janvier	[illegible]
Midi	[illegible]	[illegible]
— 3 % nouveau	[illegible]	[illegible]
Nord	juillet	[illegible]
— Nord-Est	[illegible]	[illegible]
Orléans	[illegible]	[illegible]
— 1884	[illegible]	[illegible]
— Central	janvier	[illegible]
Ouest	[illegible]	[illegible]
— 3 % nouvelles	[illegible]	[illegible]
Ouest-Algérien 3 %	[illegible]	[illegible]
Picardie-Flandres	[illegible]	[illegible]
La Réunion 3 %	[illegible]	[illegible]
Ch. de fer départem.	[illegible]	[illegible]
— Économiques	[illegible]	[illegible]
Sud de la France	[illegible]	[illegible]
Est 3 % r. à 150	[illegible]	[illegible]
Ch. de fer Lyon 3 % r. à 150	[illegible]	[illegible]
Méditerranée 3 % r.	[illegible]	[illegible]
Brésilien 4 1/2 % r. à Mil	[illegible]	[illegible]
Autrichiens 1re hyp.	[illegible]	[illegible]

(Colonne de gauche, en marge verticale : Remboursement à 500 fr. — Intérêt 15 fr.)

...ront donc nommer que [...] sur 15, les 8 autres étant choisis [...] le gouvernement, moitié par les action[nai]res. Mais les obligataires seront [...]vestis du droit de *veto*, [...] par les [...] du conseil ne pourront être prises [...] majorité des 3/4 de ses membres.

Enfin il a été convenu que la dette [flot]tante de la Compagnie et la créance [du] gouvernement se régleront par l[...] d'obligations nouvelles privilégiées[...]

Le seul point qui reste à fixer définitive[...]ment est le prix auquel ces obligations [seront] prises en payement par le gouvernement [por]tugais.

L'accord n'ayant pu se faire à [...] ce point, M. Casimir Perier a transmis [au ca]binet de Lisbonne les dernières proposition[s] auxquelles les représentants des obliga[taires] ont cru devoir s'arrêter, après en avoir [déli]béré avec M. Lhomme.

La réponse du gouvernement portugais est attendue dans le plus bref délai et on a lieu de croire qu'elle sera favorable.

On voit que le traitement qu'obtiennent les obligataires est beaucoup plus avanta[ge]eux que le *convenio* qu'on prétendait leur imposer.

Il faut reconnaître, d'ailleurs, que le dé[]légué du gouvernement portugais, M. M[a]deira Pinto, a fait preuve de la plus grande courtoisie dans les négociations, et qu'il a contribué, autant qu'il était en son pouvoir, à la conclusion de l'arrangement.

Les recettes des chemins de fer du Nord de l'Espagne se sont élevées, pendant la 1[1]e semaine de l'exercice 1894, à 1,029,665 fr. 79 en augmentation de 50,045 fr. 92 sur celles de la semaine correspondante de l'année précédente qui avaient été de 973,619 fr. 5[]. Le total des recettes, depuis le commencement de l'année, présente une augmentation de 368,620 fr. 97 sur la période correspondante de 1893.

PARIS VIVANT

—

LE JOURNAL

SOCIÉTÉ ARTISTIQUE DU LIVRE ILLUSTRÉ

LE JOURNAL

PAR CLOVIS HUGUES

AVEC UNE PRÉFACE DE HENRI BOUCHOT.

PARIS

4, RUE DES PETITS-CHAMPS, 4

1890

PARIS VIVANT
A. LEPÈRE
LE JOURNAL
par
CLOVIS HUGUES
avec préface de Henri Bouchot.
DESSINS ET EAUX-FORTES
de
A. GÉRARDIN, A. LEPÈRE,
L. MOULIGNIÉ, L. TINAYRE.
Gravures sur bois de
CL. BELLENGER, E. DÉTÉ,
A. LEPÈRE, F. NOËL,
H. PAILLARD, J. TINAYRE.
1890

PRÉFACE

—

Sous ce titre simple : Paris Vivant, les artistes de la
Société du *Livre illustré* vont présenter aux amateurs,
directement, sans nul secours d'éditeur, une série curieuse
d'études sur l'histoire pittoresque du Paris actuel. Ils ne
viennent point les premiers dans le genre : depuis Mercier,
chaque année a vu éclore son ouvrage avec le nom de Paris
en vedette ; mais ce qu'ils font n'a point encore été tenté de
cette manière. Ils sont un groupe de jeunes, d'oscurs, qui
se sont partagé la besogne et ont fait pour l'illustration de
l'ouvrage un peu ce que Jules Sandeau, George Sand et
autres avaient tenté dans la *Croix de Berny*, une course
d'ensemble vers un but donné. Ils veulent rendre dans leur
écriture moderne, leurs dessins et leurs gravures, toute
la physionomie vivante et singulière de la grande ville, en
pénétrer les recoins inconnus du bourgeois « couché tôt,

levé tard », en marquer d'une note ironique et sincère les
types ou les paysages.

Un journal de flâneur, de badaud avide de tout connaître,
de rire ou de pleurer suivant le cas, la course romantique,
si j'ose dire, de joyeux artistes, émus des moindres choses,
qui ne laissent rien passer de la vie journalière, qui croquent
en courant les plus simples histoires, depuis l'homme qui
se casse des cailloux sur le ventre jusqu'aux pauvres hon-
teux arrêtés à la porte d'un asile de nuit, depuis la belle fille
étalée dans un huit-ressorts jusqu'à la balayeuse des rues.
Ce qu'ils vous donneront ainsi, vous le savez, ô bibliophiles,
acquerra quelque jour l'importance des plus solennels
mémoires. Restif de la Bretonne ou Mercier comptaient-ils
beaucoup sur le succès posthume de leurs œuvres leste-
ment troussées et de leurs petites vignettes spirituelles et
vraies? Même Gavarni pensait-il dessiner pour les chroniqueurs sévères de nos mœurs au xix⁰ siècle? Les artistes
du *Livre illustré* n'ont aucune prétention, je le sais, mais
à la réussite actuelle de leur travail se joindra, on peut
sans crainte le leur prédire, le fort regain d'une popularité
ultérieure, que chacun de nous rêve tout bas, et que personne ne trouvera plus sûrement qu'eux-mêmes.

Habiles, ils le sont et « fin de siècle » on peut bien
dire, car pour leur premier fascicule ils ont choisi *le*

Journal, la puissance du jour, le maître qui dispense les renommées ou sème les oublis. Ils l'ont pris comme répondant le mieux par son essence à leur tentative. Le journal est un album quotidien de croquis rapides où l'audace, la dolence, le plaisir, l'esprit de tout un peuple s'inscrit d'heure en heure. Et pour en préciser la tournure, c'est à un poète, à un fertile et étourdissant écrivain, journaliste par occasion, député quelquefois, qu'ils se sont adressés, sûrs de rencontrer en lui le collaborateur primesautier et disert dont leur verve s'accommodera.

Bientôt d'autres volumes viendront compléter la série; ils porteront tous ce cachet d'exactitude et de vérité, de pittoresque, que les artistes-éditeurs comptent montrer dans le *Journal* à Paris : journées d'élections, soirées de théâtre, après-dînées de musique, flâneries de badauds, existence de gens de lettres, amusements des foules, plaisirs de riches ou de pauvres, camelots ou financiers, tout, en un mot, ce que nous frôlons sans le bien voir, dans notre fièvre laborieuse.

Ces livres séparés, tirés à petit nombre en grand luxe, seront ornés de dessins et de gravures à l'eau-forte ou sur bois exécutés par les éditeurs eux-mêmes. Retour curieux et inattendu, en ce temps de besognes hâtives et mal venues, au labeur tranquille, sérieux, patient, des premiers maîtres de l'imprimerie. Livres d'amateurs, seulement d'amateurs, qui étonneront un peu, détonneront beaucoup sur le fatras des ouvrages tirés à la grosse, et dont le facile succès s'évanouit en fumée bleue ou noire, sans rien laisser après lui.

H. BOUCHOT.

LE JOURNAL

« Achetez!... » Et le titre du journal sonne en coup de
clairon, un clairon enrhumé, avec des dé-
chirures dans le cuivre : c'est le camelot
qui s'empare du boulevard!

Dès quatre heures du matin, hiver
comme été, il a stationné
dans la rue du Croissant,
sous quelque porte secouée du
bruit montant des machines, tantôt collé de dos à la muraille,
les jambes en équerre, le pouce
tendu hors des poches, en l'éti-
rement des mains rageusement
enfoncées, tantôt accroupi sur le
trottoir, silhouette de cariatide sans
fardeau, comme agenouillé des reins, la tête dans les
épaules, les épaules dans la poitrine, la poitrine dans

les jambes, les jambes dans les pieds. Quelquefois, rien
dans le ventre : un vide répété qui lui fait des boyaux
de caoutchouc, pour l'ironique facilité de la dislocation.

Si c'est en hiver et que la « dernière nouvelle » ait mis
dans sa poche un tintement joyeux, il a flânoché autour
des Halles, non sans « licher » quelque litre chez le mastroquet, dans le matineux brouhaha des maraîchers qui
arrivent. Histoire de se réchauffer,
quoi ! et « y a pas d'mal à ça ! »
Ou bien il a demandé un sup-
plément de soupe au mar-
chand, un brave homme
éreinté de vivre, qui
a gardé sur sa face
la lividité crépusculaire
des heures où il sort,
les yeux lourds de sommeil,

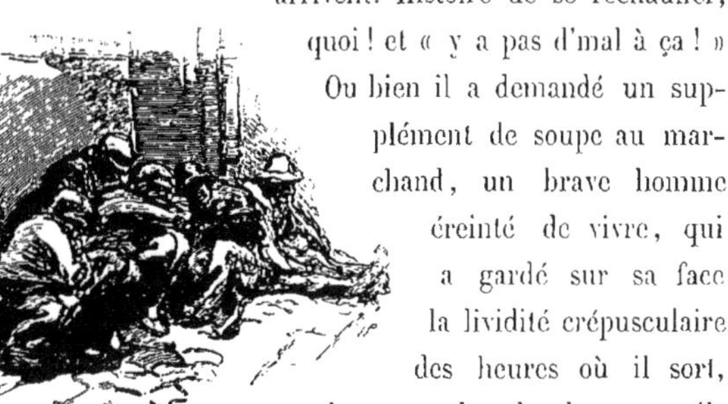

poussant devant lui la misérable charrette
branlante où s'équilibre tant bien que mal une pyra-
mide de vaisselles douteuses. Et les doigts ramassés autour
du bol bien chaud, il s'est de nouveau, à petites gorgées,
réconforté contre le froid devenu lentement visible au
bord des toits, dans le blémissement de l'aube qui envahit
le ciel.

La rue du Croissant s'est réveillée, tout au moins par
en haut ; car en bas, sous le dégringolement des étages,

elle ne s'endort jamais. Un
géant couché sur le flanc,
qui ne dormirait que d'un
œil !

Si le sommeil est en
haut, le ronflement,
par exemple, est en
bas ; et quel ronfle-
ment que celui des
machines Marinoni en-
grenant les roues, fai-
sant serpenter les cour-
roies sur ces grandes
étoiles noires qui tour-
nent, repoussant, atti-
rant, déroulant le ru-
ban de papier entre les
cylindres de cuivre,
remontant la feuille
entre les cylindres
de bois, la redes-
cendant entre les
cylindres de fonte,
la sciant, la détachant, l'imprimant, la
jetant sur les raquettes, la rejetant sur
la table à recevoir, tandis que les pistons

entrent, sortent, rentrent et ressortent, vigoureux, luisants, baignés de vapeur, comme dans on ne sait quel énorme engendrement de la Matière accouplée à la Pensée !

Tout tourne, y compris le tourniquet des jeux, chez le mastroquet du coin. La Fortune, dans la Fable, ne voyage que sur une roue. Elle voyage sur deux dans la vie des camelots, l'une qui leur fait des sous, l'autre qui les leur reprend.

« Y allons-nous d'une tournée ?

— Comment donc ! »

Et pan ! sous le coup de pouce, la légère machine, celle qui reprend les sous, se met à grincer, toute branlante au ras du comptoir. Un, deux, trois, quatre..., les chiffres volent.... Clan clan !... ça y est.

« Aboule ! »

La petite roue d'en haut ne chôme pas plus que la grosse roue d'en bas. Maintenant ils sont tous là, les types, celui-ci testonné, comme dit Rabelais, d'une tignasse qui fiche le camp par tous les bouts, celui-là coiffé d'une casquette molle qu'il rabat sur ses yeux, cet autre gêné d'un paletot qui craque aux entournures.

Si c'est un de ces jours où la rue fait de l'histoire, le camelot se prépare à la manifestation en « repiquant » au zanzibar.

« A qui la tournée ?

— A Polyte, tiens! puisqu'il a déjà palpé ses deux balles pour le grand tralala de ce soir. »

Tel est le dialogue ; mais rassurez-vous : les balles ne sont pas de celles qui tuent. Le camelot n'abreuve pas les sillons d'un sang im- pur,

d'abord parce que les sillons sont trop loin du pavé où il opère, ensuite parce qu'il préfère à la tragédie qui ne rapporte rien la comédie qui rapporte quelque chose.

Un gaillard, en somme, qui ne fait pas beaucoup de bruit pour rien, surtout aux heures de dèche où il danse, comme il dit, la danse du ventre. Et vive le succès! Le camelot a aussi sa Bourse; mais il n'y joue que sur la hausse et à coup sûr. Il a une opinion, comme tout le monde; mais il ne l'écoule qu'avec sa marchandise. Les événements le façonnent à leur image et ressemblance. C'est Gavroche devenu maniable.

« Hé ! là-bas ! »

Des portes ont grincé, des guichets
se sont ouverts : c'est l'heure de la distribution
et de la vente. Les camelots se précipitent. Des piles de
journaux vont et viennent, écornées en dessous, toutes
fraîches de l'impression.

« A qui le paquet ? »

Et les feuilles enroulées cabriolent sur la cohue, rapi-
dement emportées dans un bruit de gros sous qui tombent.

La rue bat son plein, très curieuse avec ses librairies
populaires bariolées d'affiches, devant lesquelles se croisent
et s'entre-croisent les camions chargés de livraisons à bon
marché. Au seuil des imprimeries, le trottoir s'encombre
des ballots du prochain tirage, quillés en leur gaine de gros
papier jaune, où le titre du journal se découpe en majus-
cules de réclame. Des apprentis, coiffés d'une morasse en
chapeau de gendarme, traversent la chaussée, s'achètent
deux sous de frites. Des commerçants de la rue du Sentier
passent, affairés. A sa fenêtre, une petite ouvrière se pen-
che, toute frisottée, les regards en allés, comme par exprès, vers le bureau d'en face, où elle reverra tout à l'heure
ce bout d'homme de journaliste, si gentil avec ses mous-
taches menues, qui lui envoie des baisers pour la rigolade.
Une charrette rapporte « des bouillons », très haute, avec
des roues qui ébranlent le pavé. Une femme, sur le trottoir, plie des journaux. Au coin de la rue Montmartre et de
la rue du Croissant, par-dessus l'enroulement monumen-
tal des balcons, le buste de Girardin surgit, espèce de Mem-
non qui vibre et chante au lever du soleil, sinon dans le
bronze, tout au moins dans les mille voix de la Presse en
travail.

Les camelots se sont dispersés. Ceux qui desservent les
kiosques sont partis silencieux, la tête enfoncée dans les
épaules, sous le lourd paquet des journaux à déposer.
Ceux qui desservent la rue sont partis dans un orage de

bruit, battant l'air du déploiement brusque des feuilles, criant les titres.

Des hauteurs sereines de l'impériale et grâce à une perche surmontée d'un ingénieux gobelet d'étain qui gobe l'hameçon monnayé, vous pouvez quotidiennement, en

achetant votre journal du matin, vous faire cette illusion que vous pêchez à la ligne, dans le noble sens littéraire du mot. Mais ce n'est pas seulement aux stations d'omnibus que le camelot vend de la politique : tout Paris lui appartient. Pas bête avec ça, le pauvre diable! Nul ne connaît mieux que lui les bons endroits de la vente. Là où les ouvriers s'en vont vers les ateliers, par le brouillard humide, avec la tristesse de l'inutile recommencement, il se dresse comme dans une colère, tout hérissé de feuilles socialistes. Ne vous avisez pas d'assassiner votre concierge : il le crierait sous vos croisées, dans tout le quartier.

Et cependant qu'il emplit Paris du bruyant envolement des feuilles du matin, les journalistes des feuilles du soir se sont remis à noircir du papier dans les bureaux de rédaction.

« Quoi de nouveau, les enfants? »

C'est le rédac-chef qui fait son entrée, à la bonne fran-
quette, en homme célèbre aisément oublieux de ses au-
réoles diverses.

« Rien de nouveau, patron; mais il pourrait tout de
même se produire dans le ministère, à la suite du dernier
conseil.... »

Là-dessus, on échange des idées — un échange d'autant
plus facile qu'on n'a pas besoin d'avoir des idées pour le
pratiquer.

Le bulletinier politique, M. le ministre de l'intérieur, comme l'ont surnommé les camarades, estime qu'on manque de nerf, qu'on ne va pas assez de l'avant. Le rédacteur financier pense, tout au contraire, qu'on a été beaucoup trop loin. Le chargé des questions extérieures réserve son opinion.

« Mais, mon cher collègue des affaires étrangères, veuillez cependant remarquer....

— Tiens, notre préfet de police ! » s'écrie le rédac-chef.

Le roi des reporters est entré en coup de vent. Tous les reporters sont « le roi des reporters » ; mais celui-ci est le vrai, comme tous les autres. De là son prestige.

Très élégant, du reste, et combien fièrement cambré ! Il y a le type du reporter vieux jeu, le ventre tombant, la redingote flasque, la barbe en broussaille, une tête de bouledogue, les pieds d'un éléphant qui se chausserait au carreau du Temple. Pas ça du tout, lui ! La boutonnière fleurie. Un dandysme à faire pâmer Brummel. Du linge blanchi en Angleterre, pour le comble de la fashion. La cravate raide sur le col droit, avec un nœud qui est un objet d'art. Au retour des grandes manœuvres, vous le retrouverez en bottes molles, chevauchant, bicyclant, tricyclant par les routes, notant les mouvements des troupes sur un calepin de demoiselle, questionnant les généraux, interpellant les sous-offs, esbrouffant dans les haltes l'aubergiste du lieu qualifié de tavernier du diable, gai, pimpant, emballé, la jumelle en sautoir, l'ulster bouffant aux manches, autour de bras en ailes de pigeon. Les soirs de première, dès six heures, l'habit! Des mois de mille balles. Un couvert à son chiffre au dîner du cercle. Les garçons de café tutoyés. Deux maîtresses dans le corps du ballet de l'Opéra. De toutes les fêtes. Reçu chez les marquises fin de siècle. Un amour de jeune homme. C'est lui qui envoie des baisers à la petite ouvrière. Et il se fera romancier naturaliste, quand il aura encore un peu vu !

« Est-ce qu'on a beaucoup assassiné cette nuit ?

— Ne m'en parlez pas. Je suis moulu. Le juge d'instruction ne desserrait pas les dents. Voyons, toujours des cachotteries? lui ai-je dit. Et de fil en aiguille....

— Pas d'interview?

— Si ! j'ai été dans des banlieues impossibles, au bout du monde, chez Machin, pour sa nouvelle pièce. »

Machin, c'est Sardou, à moins que ce ne soit Alexandre Dumas. Quand Victor Hugo n'avait pas encore fait le voyage du Panthéon, il le désignait ainsi : « le vieux qui habite l'avenue de son nom ». La fréquentation des dieux tue le respect.

Mais si ce jeune élégant est une force, l'autre reporter, celui qui opère dans la politique, est souvent une puissance. Rien ne lui échappe; il est l'œil qui voit tout, l'oreille qui entend tout. Les ministres ont beau entourer leurs délibérations d'un mystère qu'ils jugent impénétrable : un quart d'heure après le conseil, il apporte, télégraphie ou téléphone à son journal tout ce qui s'est passé dans le cabinet.

Avait-il d'avance perforé les murs au moyen d'une vrille indiscrète ? S'était-il insinué dans la cheminée, à l'exemple du ramoneur légendaire que les boursiers malins, à l'affût des nouvelles, entretiennent à l'Élysée, au prix des plus grands sacrifices ? Pas le moins du monde. Les ministres, même quand ils ont des prétentions à l'immortalité de l'histoire, ont leurs petites faiblesses, comme les simples mortels : notre gaillard connaît à fond toutes ces faiblesses-là, et il en joue comme Paganini jouait du violon. Ah ! quel virtuose et comme il sait toucher la bonne corde !

« Voyons, monsieur le ministre, ne me direz-vous rien ? La situation est cependant assez tendue. Ce n'est un secret pour personne que votre collègue de la guerre tire toute la couverture de son côté. Allez-vous le laisser faire ? Vos ennemis n'y comptent guère : c'est du moins ce qu'on chuchotait hier dans les couloirs. Tenez, je parie

rations d'un mystère qu'ils jugent impénétrable : un quart
d'heure après le conseil, il apporte, télégraphie ou téléphone
à son journal tout ce qui s'est passé dans le cabinet.

Avait-il d'avance perforé les murs au moyen d'une
vrille indiscrète ? S'était-il insinué dans
la cheminée, à l'exemple du ramoneur
légendaire qui [illegible] malade [illegible]
[illegible]

[illegible]

[illegible] mortels : notre
[illegible]
[illegible]
[illegible]
cher la tête.

— Voyons, [illegible] dit le ministre,
ne me direz-vous rien ? La situation est cependant assez tendue. Ce
n'est pas un secret pour personne que
[illegible] collègue de la guerre fera
toute la campagne de son coté.

Allez-vous le laisser faire ? Vos
[illegible] n'y comptent guère : c'est, du moins, ce
qu'on chuchotait hier dans les couloirs. Tenez, je tiens

UN REPORTER POLITIQUE

que vous êtes tombé en garde dès ce matin, au conseil?

— Mon dieu! répond le ministre en affectant une allure dégagée, je ne vous cacherai pas que j'ai jeté quelques pierres dans le jardin du voisin.

— De grosses pierres?

— Dans les dimensions ordinaires; mais il y avait bien deux ou trois silex dans le tas.

— Avec de la mousse autour?

— Parbleu non! pourquoi aurais-je atténué le coup? Quand on me cherche, on me trouve, moi!

— C'est une justice à vous rendre.

— Vous comprenez qu'à la fin.... »

Et M. le ministre raconte tout, non sans demander à l'habile reporter s'il ne pourrait pas ajouter aux coups de silex une demi-douzaine de coups de plume bien sentis, pour son propre compte.

C'est en répétant, au moment opportun, cette scène de chatouillement à l'endroit sensible, que l'informateur politique occupera, tôt ou tard, la confiance des hommes d'État. En général, c'est autour du ministre de l'intérieur qu'il tend le filet de sa roublarde phraséologie. Quand on a ce membre du cabinet dans sa poche, on n'est peut-être pas encore quelqu'un; mais on est l'ébauche de quelque chose. Grâce à lui, on a une fenêtre ouverte sur ce qui se fait. Peu à peu, sous la lente poussée des événements, on se sent comme soulevé par les services qu'on a rendus, vers une région préalablement explorée, où l'on se métamorphose en une sorte de personnage; puis, on devient un personnage tout à fait, on est presque du ministère, on y entre quand on veut et aussi souvent qu'on veut, comme les clients entrent au moulin; et gare aux huissiers, s'ils ne se cassent pas suffisamment la colonne vertébrale sur le passage du favori! On a commencé par intriguer dans les bureaux afin de se procurer, avant tout le monde, le mouvement des nominations, et l'on finit par y collaborer, dégommant celui-ci, recollant celui-là, dorant l'un, désargentant l'autre, avec une autorité capricieuse de petite maîtresse. On interviewait les tout-puissants, et voilà qu'ils vous font interviewer! On avait besoin du ministre, et voilà qu'il a besoin de vous!

Jules Toulouze fut le créateur du genre, un créateur bon enfant, du reste, et qui n'expia pas trop durement le crime d'avoir réussi. A Versailles, dans les couloirs de l'Assemblée, ce fut lui qui le premier s'écria : *Fiat lux!* Et le reportage politique sortit du chaos : non point le reportage qui bredouille une excuse en se présentant chez les gens, l'oreille basse, le chapeau à la main, avec une inquiétude de domestique interrogeant son maître, mais le reportage hardi, mettant cartes sur table, proposant la partie à jouer.

M. Thiers ne présidait que la République ; Toulouze présidait les aspirants ministres. Et quelle présidence ! S'il avait menacé de démissionner, la moitié de la Chambre, plus un, se serait jetée à ses pieds pour le supplier de rester ; car il y a toujours une moitié de la Chambre, plus un, qui rêve de décrocher le maroquin.

L'Évangile a dit qu'il y aura beauc up d'appelés et peu d'élus. A l'Assemblée nationale, tous étaient des élus, et combien peu étaient appelés ! Mais les ambitions ne se découragent pas facilement, et Toulouze ne faisait rien pour les décourager.

Quelques-unes ont abouti, un peu parce qu'elles devaient aboutir, ayant poussé en des cerveaux suffisamment arrosés d'idées, sous des crânes moulés exprès, et aussi parce qu'il les a aidées de sa fanfare dans un retentissement de trompettes à faire tourner toutes les têtes.

Tel important homme d'État, qu'il n'est pas nécessaire de nommer ici, lui a dû et lui doit — c'est constant, même sans nommer personne, — la meilleure partie de ses triomphes politiques. Leurs entrevues de Versailles sont restées célèbres, surtout celles qui avaient lieu au cours de la constitution d'un nouveau cabinet.

« Est-ce qu'il ne serait pas utile, insinuait l'omnipotent informateur, de donner à entendre que vous serez probablement appelé à la Présidence?

— Donnez-le à entendre, mon ami.

— Protesteriez-vous si je vous attribuais tout de suite un portefeuille dans la combinaison?

— Ne vous gênez pas, je prendrai tout ce que vous m'offrirez.

— Mais si l'on ne vous appelle pas à la Présidence?

— Il importe peu. L'essentiel, c'est qu'on y ait songé.

— Mais si l'on n'y a pas même songé?

— Il importe encore moins. On y songera une autre fois.

— Mais si l'on repasse à un autre le portefeuille que je vous aurai offert?

— C'est un détail. Tout est bien, pourvu qu'on s'habitue à me croire du bois dont on fait les ministres. »

Le lendemain, tous les journaux du Midi annonçaient que l'honorable député avait été chargé, ou à peu près, de constituer un ministère. Et tout le Midi de s'écrier : « Hein! a-t-il assez le vent en poupe, l'heureux coquin! »

La combinaison ratait d'autant plus qu'elle n'avait jamais existé; mais la nouvelle avait marqué, restait dans les esprits, portait son homme ; tant et si bien que le jour où il fut décidément ministre, chacun répéta le fameux adverbe de Méry apprenant la mort de Baour-Lormian :

« Encore? »

Toulouze, comme Alexandre, a laissé derrière lui des capitaines qui se sont partagé son héritage. Deux ou trois s'y sont taillé de jolies souverainetés; les autres bataillent encore de la plume, avec le légitime espoir d'élargir leur domaine. Le vieux Bescherelle, qui remplissait à la Chambre les fonctions de chef des huissiers, avait la coutume de dire : « Le respect de l'informateur parlementaire est le commencement de la sagesse. Aujourd'hui, ce n'est qu'un petit journaliste; demain, c'est un député; six semaines après, c'est un ministre. Et jugez comme il nous recevrait, si nous avions tant soit peu oublié d'être polis à son égard! »

Tous ne se réveilleront pas ministres, sous le coup de baguette des vieilles fées de l'Élysée ou du Palais-Bourbon; mais si tous n'ont pas le portefeuille, tous ont le calepin, le cher calepin constellé d'hiéroglyphes, qui n'a l'air de

rien et qui est tout, en ce siècle où l'information fabrique
des grands hommes au rabais et à la vapeur, quitte à les
démolir au même prix et avec la même rapidité.

En attendant d'être du conseil des ministres, ils sont
tout au moins du conseil de rédaction. Retournons-y avec
eux, maintenant qu'ils vous ont été présentés.

« Nous disions donc?... »

Le rédac-chef a légèrement froncé le sourcil : c'est le partage de la besogne qui commence.

« Il me semble, dit le bulletinier politique, qu'une appréciation de la dernière déclaration ministérielle, dans laquelle on ferait ressortir....

—- Parfaitement.

« — Je suis persuadé, dit le délégué aux finances, qu'un rapide examen des efforts loyalement tentés de part et d'autre pour équilibrer le budget....

— Justement.

— J'ai la conviction, dit le chargé des relations extérieures, qu'en faisant coïncider la récente entrevue de Bismarck....

— Précisément. »

Les trois rédacteurs se sont enfermés chacun dans son cabinet, une petite pièce où le recueillement est comme figé dans la boiserie. Parfaitement, répète le ministre de l'intérieur. Justement, répète le ministre des finances. Précisément, répète le ministre des affaires étrangères. Et à la même minute, sans s'être consultés, ils sortent de leurs poches l'article tout fait, consenti d'avance par les trois adverbes de l'excellent rédac-chef. A part ça, rien n'est plus utile qu'un bon conseil de rédaction délibérant avant la besogne, dans la fraîcheur naturelle des idées du matin.

Les autres rédacteurs, dans la grande salle, se sont jetés sur les journaux classés en double au travers de la table longue, les lisant à fleur de ligne, en artistes du métier qui savent où est la nouvelle à cueillir, la phrase à citer, l'opinion à éreinter. Çà et là, les plumes courent, les ciseaux déchiquettent les feuilles, ouvrent des fenêtres dans les colonnes.

« Attends un peu, toi ! »

L'échotier s'est emparé du pot à colle : voilà un adversaire collé, entre deux mots cruels, s'il vous plaît !

Il y a un argot du journalisme. « Ne chipez pas à votre voisin sa paire de ciseaux : il vous réclamerait tout de suite son secrétaire de la rédaction ! »

L'autre, le vrai secrétaire de la rédaction, en son cabinet d'à côté, dresse la liste des articles, lit les copies douteuses, atténue les violences, colore les épithètes, déplace des virgules, repêche les mots qui ont sombré dans la phrase rédigée à toute vapeur, se fourre dans l'oreille des serpents acoustiques qui sifflent, téléphone, retéléphone, crie : « Allô ! » toutes les vingt minutes, sur un ton de rageuse impatience et comme s'il s'agissait réellement de jeter à l'eau la demoiselle du bureau central, sonne le garçon, le mitraille de poignées de feuillets à porter aux compositeurs, se fait charrier Larousse, compulse des dossiers, remue les fumiers de l'histoire, déterre des cadavres dans le cimetière des collections, reçoit des visites, promet les rectifications légitimes, donne des raisons, arrange les affaires, subit les importuns, calme les nouveaux dont l'article « est

resté sur le marbre », libelle, signe, timbre les demandes
de billets de théâtre, s'occupe de tout, veille à tout, sauve-
garde tout.

« Et vous savez, beaucoup de filets, messieurs, si vous
voulez que le journal fasse joujou à l'œil, comme dit le
patron ! »

Entre temps, l'infortuné secrétaire de la rédaction continue à être « rasé » dans les grands prix ; car il y a mille
sortes de raseurs, et tous ne rasent pas gratis.

L'espèce la plus importune est l'espèce politiquante.
Buffon ne l'a pas classée ; mais elle se range toute seule et
sans le secours de la science dans le genre des coléoptères
pentamères, famille des hannetons. Chez les royalistes, elle
est représentée par le monsieur qui connaît les projets du
prétendant, ses pensées de derrière la tête, grâce aux
indiscrétions d'un cousin de l'ami du brosseur de l'inten-
dant des princes. Chez les républicains, elle s'incarne tantôt dans le président d'un comité de quartier qui joue les
Robespierre, le gilet en moins, la barbe en plus, mène
tout au doigt et à l'œil, fabrique des députés et des conseil-
lers municipaux, estampille les gloires, catalogue les
renommées ; tantôt dans un candidat à perpétuité, jamais
tranquille, toujours en quête d'un siège, et qui ferait, à lui
tout seul, la fortune de trois magasins de confections, si
ses vestes étaient de celles qu'on vend au coin du quai.

« Mais enfin quel est votre comité? disait un rédacteur
en chef impatienté à un noble vieillard qui le torturait
depuis deux heures.

— Le comité du quartier des Bassins, répondit le brave
homme.

— J'aurais dû m'en douter, » souligna la victime.

Dans certains bureaux de rédaction, le personnage qui
rase est averti tout de suite qu'on ne le subira pas. Il y a
des écriteaux pour ça :

« Ici les raseurs se reconnaissent à ce fait qu'on ne leur
répond que par monosyllabes. »

Ou bien :

« Les raseurs sont priés de ne pas se cramponner. »

Et ils se cramponnent tout de même ; car
c'est dans la vie comme au
théâtre. Demandez à un
avare s'il se reconnaît dans
Harpagon : c'est tout au
plus s'il vous répondra que
Molière a un peu chargé le
type ! Montrez l'écriteau de
la rédaction à l'enragé qui
vous explique, point par
point, comment on battra Machin au second tour. Neuf fois sur
dix, il vous répliquera sur le ton

le plus enjoué du monde : « Est-ce que vous en recevez beaucoup, de crampons ? »

A classer également le monsieur qui est l'ami des journalistes. Moins féroce pourtant, celui-là ; quelquefois un bon garçon, avec seulement un peu de vanité. S'imaginer qu'on est dans le train parce qu'on fréquente des gens célèbres, cela existe.

« J'ai rencontré Scholl ce matin. Toujours plein d'esprit cet animal-là ! Il me disait : « Figure-toi, mon « cher... »

Ce « figure-toi » est souligné d'une pause, dans un tremblement de point d'orgue : l'ami des journalistes n'a donné la parole à Scholl dans son récit qu'afin d'y encadrer le glorieux tutoiement.

« Et je lui ai répondu : « Elle est bonne, ton histoire, mon vieux ! »

Là-dessus, un rengorgement. Ah ! c'est qu'il le tutoie aussi, lui ! Dame ! Il faut bien. Du moment où il l'appelle « mon vieux », n'est-ce pas ?

Notre homme, assez souvent, ne tutoie pas plus qu'il n'est tutoyé ; mais il a vu Scholl chez Tortoni, à l'heure de l'esprit, qui est aussi celle de l'apéritif, et cela lui a suffi pour se persuader qu'ils ont gardé les éditions belges ensemble. Que serait-ce donc, s'il l'avait vu à la salle d'escrime ? Oreste et Pylade seraient enfoncés !

Fréquemment encore, il ne connaît pas même de vue le

journaliste qu'il ne quitte pas ; et quelle bonne raison de
le connaître davantage! Ne vous avisez pas de l'écouter
avec une complaisance trop marquée : il vous confiera
tout de suite qu'il fournit les mots de la fin à son ami,
pour les chroniques tapées, car il ex-
celle dans les mots de la fin, genre
Chamfort. Un don qu'il a
reçu des dieux, par le canal
de la nature, et il n'est pas
plus fier pour ça !

L'ami des journalistes,
quand il ne l'est que d'ima-
gination, s'expose à des dés-
agréments. Présentez-le vous-
même au chroniqueur célèbre
qui déjeune avec lui tous les
matins, et si le spectacle vous
laisse froid, c'est que la fin
du siècle vous a blasé lamen-
tablement.

Olympe Audouard contait
volontiers une anecdote qui montre le type
sous un aspect inattendu. Elle se rendait à Bordeaux,
pour un bal de charité. Dans le train, en face d'elle, un
voyageur lisait fort attentivement. Tout à coup elle en-
trevoit le titre du bouquin : son dernier roman, tout

flambant neuf! Et la voilà devenue très curieuse, épiant en dessous les jeux de physionomie du voisin plongé dans sa lecture.

Olympe était encore dans toute sa rayonnante beauté de blonde grasse, comme dirait Zola, et, si palpitant d'intérêt que fût le roman, elle était beaucoup plus et autrement intéressante. Le voyageur parut en avoir fait la remarque et il causa.

« Est-ce que vous avez lu ce livre, madame?

— De qui est-ce?

— D'Olympe Audouard.

— Je n'ai rien lu d'elle, monsieur. Est-ce qu'elle a du talent?

— A en revendre, madame. Et puis, c'est une femme si séduisante!

— Vous la connaissez, personnellement?

— Oh! très personnellement! »

Et notre voyageur eut un de ces sourires indiscrètement mystérieux, voilés d'une transparence, comme dorés de l'évocation paradisiaque du souvenir.

« Tant que ça? fit la romancière piquée au jeu, point bégueule, disposée à s'égayer un brin.

— Mon Dieu! n'allez pas supposer, madame....

— Mais je ne suppose rien, monsieur! Vous êtes certainement un trop galant homme....

— C'est précisément ce que j'allais vous dire.

— Et cette Mme Audouard, est-ce qu'elle est bien? Les bas-bleus, en général, ne se signalent guère par l'impeccabilité de la ligne.

— Ce n'est pas le cas pour elle. Sans compter qu'elle

est surtout une femme d'esprit, avant d'être un bas-bleu!

— Brune ou blonde? C'est un détail qui a son prix.

— Excessivement brune. Mais elle fait mentir le proverbe; chez elle, cet excès n'est pas un défaut.

— Allons, tant mieux! »

A diverses reprises, la conversation retomba sur Olympe Audouard, qui ne se reconnaissait plus du tout. A Bordeaux, dans la soirée, quelques heures après l'arrivée du train, elle faisait son apparition au bal de charité, très entourée, en muse à la mode ; et qui apercevait-elle dès le seuil de la porte? Son voyageur en personne, invité par un ami, au débotté! Le hasard n'est pas toujours aussi bête qu'il en a l'air.

L'homme au sourire fut tout de suite intrigué :

« Quelle est donc cette dame que tout le monde fête?

— Comment? Vous ne l'avez jamais vue à Paris? Mais c'est Mme Olympe Audouard, mon cher! »

Justement la muse passait :

« Je suis en blonde ce soir, monsieur. »

Tableau !

Quand elle contait l'anecdote, Olympe ne manquait jamais d'ajouter que « son ami » fut fort ennuyé, mais qu'il fut pardonné, parce qu'il valsa très bien.

Il y a aussi l'assoiffé de notoriété qui, condamné par l'aveugle destinée à ne jamais

> Voltiger, nom ailé, sur la bouche des hommes,

se contente d'emprunter un nom connu dont il se pare.

Ce geai, de production récente, fait la roue — de paon — auprès des petites actrices pas arrivées, point encore en vedette, et qui ne seront présentées que plus tard au cri-

À diverses reprises, la conversation retomba sur Olympe Audouard, qui ne se reconnaissait plus du tout. À Bordeaux, dans la soirée, quelques heures après l'arrivée du train, elle faisait son apparition au bal de charité, très entourée, en mise à la mode : et qui aper... ... du ... seuil de la porte? Son voyageur ... ... un ami, au débotté! Le ... ... aussi bête qu'il en a l'air.

[illegible]

LE CLICHAGE

tique influent. Quelquefois, il fait en même temps la roue et des dupes. Contracter des relations, cela n'empêche pas

de contracter des dettes. Bien au contraire, surtout quand c'est l'autre qui endosse les billets !

De là, chez les journalistes en vue, des entrées subites de créanciers qui s'annoncent en cassant les potiches.

La bonne accourt, étrangement effarée :

« Il y a là quelqu'un qui dit que vous êtes le dernier des drôles ! »

Le journaliste bondit vers l'antichambre.

— Monsieur !

— C'est curieux comme il a changé ! bougonne le créancier. »

Et tout penaud :

— Est-ce que vous êtes bien sûr d'être vous, monsieur ? »

A la fin, tout s'explique. Et notez que le journaliste s'estime encore très heureux : l'homme qui lui a volé son nom ne lui demandera pas de billets de théâtre !

Car tout est là. Pas un secrétaire de rédaction qui ne monologue à l'instar d'Hamlet : « Être ou ne pas être ; avoir ou n'avoir pas de billets de théâtre ! » Combien de gens ne lui serrent les phalanges à les lui briser qu'afin d'aller au spectacle sans bourse délier ! Monselet a écrit, sans doute en un jour de mauvaise humeur, que le premier venu se croit autorisé à ne plus jamais payer sa place au théâtre, dès qu'il a fait la connaissance d'un journaliste.

Et voyez comme tout a changé ! Il y a un quart de siècle à peine, le journaliste n'était guère qu'un être à part, sans moralité, chargé de tous les péchés de l'Israël politique et littéraire, tout au moins dans la pensée de M. Prudhomme, qui juge de haut. Aujourd'hui, ce même Joseph déjeune avec des reporters, fréquente des chroniqueurs, et il le confesse sans rougir, devant sa progéniture assemblée. Dernièrement, il disait à un secrétaire de la rédaction d'un grand journal du matin :

« J'ai quatre enfants. J'en ai déjà établi trois. La nature et la société ne reprochent rien à mon cœur de père.

— Et qu'avez-vous fait de vos fils?

— J'ai fait de l'aîné un banquier; du second un notaire, du troisième un ingénieur.

— Et que comptez-vous faire du quatrième?

— Oh! celui-là, je le fais journaliste! Quand ses frères seront dans le besoin, il pourra leur venir en aide.

M. Prudhomme exagère peut-être; puis il faut bien reconnaître que le journalisme, s'il ne mène pas à tout, comme on l'a prétendu, ne mène pas invariablement à l'hôpital. Sans être le Pactole pour tous ceux qui lui font subir des sondages, il roule toutefois en ses flots d'encre une quantité suffisante de paillettes d'or.

Est-ce avec ces paillettes-là que les ouvriers de la plume ont redoré leur oscillante auréole? La supposition n'a rien d'offensant pour le siècle. Le talent qui reste pauvre n'excite guère l'enthousiasme public; la richesse des rimes n'excuse pas la misère du poète; et il est fort probable que les bureaux où l'on vend de l'esprit, de la politique, de la gloriole et du bruit, seraient moins encombrés de visiteurs appartenant à toutes les classes de la société, s'ils avaient la preuve que l'aimable secrétaire doit quatre termes à son « vautour ».

Mais laissons les secrétaires se débrouiller avec les gêneurs. La gestation du journal continue et nous n'avons pas le droit de baguenauder en route, si nous voulons tout voir.

A midi, le coup de feu. Les journaux, tailladés, gisent un peu partout. *Le Temps*, plus particulièrement voué à la fatale morsure des ciseaux, ressemble à une vaste nappe de dentelles qui aurait glissé sur le parquet, à la fin d'une orgie de demi-dieux. Les petits facteurs d'opérette du télégraphe apportent les dernières dépêches.

Dans la salle de la composition, le plus souvent en haut, quelquefois en bas, de plain-pied avec les bureaux de la rédaction, les typos se hâtent, repris d'une fièvre de travail, debout en la longue blouse noire ou blanche, soulevant, comme dans un effleurement d'aile, les lettres de plomb qui volent au bout de leurs doigts.

« Vous verrez que nous ne serons jamais prêts ! » bou-gonne le metteur en pages.

Et il s'escrime sur la forme, transportant les paquets, un à un, au creux élargi de la main, les déposant entre les bois, les dégageant des ficelles qui les entourent jusqu'au moment où il les emprisonnera dans le châssis, sous la lente pression glissante des coins enfoncés par le marteau.

L'apprenti va et vient, mouche du coche, remuante abeille de la ruche, douée de cet aiguillon, l'esprit.

Le correcteur, dans une pièce éclairée d'un jour de bureau, trace sur les épreuves, dans les marges, tantôt une clé de sol, tantôt quelque dièse, tantôt un bécarre inattendu, comme si la musique, en prêtant ses signes à la correction typographique, avait voulu compliquer d'une ironie douloureuse un labeur d'où l'homme sort la tête rompue, avec un brouillard dans les idées. Au bout de la table, sur un ton de basse affalée, le teneur de copie, un autre patient, lit l'article en le ponctuant de la voix.

Entre les tiges de fer, les coins ont glissé : la morasse est bouclée, serrée, vissée. Déjà, au travers de la feuille humide, sous la brosse qui tapote, les caractères mordent, les blancs se creusent, les titres se dessinent en relief. Mais voici que légèrement le metteur en pages a détaché l'épreuve : encore un échenillage du texte, représenté par des lignes qui pétardent sur les colonnes, fusent vers la marge, où éclate un feu d'artifice de mots, de lambeaux de phrases, de virgules, de points d'interrogation ou d'exclamation pirouettant et zigzaguant les uns sur les autres;

encore quelques lettres de plomb
soulevées dans le tremblement des
pincettes, cédant la place injuste-
ment conquise; et il n'y aura plus
qu'à recommencer pour les trois
pages qui restent.

« Je vous dis que c'est plein
comme un œuf! Nous ne paraîtrons jamais, si vous envoyez de
la copie tout le temps.

— Je vous dis qu'il faut que ça passe ! »

Tel est le prélude du drame qui se déroule le
long des tuyaux acoustiques, tous les jours et
à la même heure, entre le metteur en pages
et le secrétaire de la rédaction.

« Pas de place pour une épin-
gle. Alors....

— Tous auront le discours,
excepté nous, n'est-ce pas?

— Débrouillez - vous. L'interview mangera presque toute
« la deux » à lui tout seul.

— Supprimez-le. »

Le roi des reporters a entendu : le
voilà qui bondit. Supprimer l'interview !
Qu'on essaye un peu ! Comme si ce n'était

pas déjà monstrueux d'y avoir tant seulement pensé !

La scène se passe au mess de la rédaction, dans les journaux du soir qui ont un mess. La plume après la fourchette ; la fourchette avec le crayon, souvent, à cause d'un feuillet à relire, d'une épreuve à revoir.

« Eh bien ! soit, ne nous emballons pas. On supprimera l'article sur les équipements de l'armée. »

Le rédacteur militaire se fâche à son tour, un ancien officier décoré, la moustache pointue, l'air pas commode. « Une tartine comme celle-là, qui est appelée à révolutionner tout l'état-major ? Allons donc ! pas de ça, Lisette ! On aimerait mieux fiche le camp de la boîte, par file à gauche, en deux temps et trois mouvements…. »

Le metteur en pages est arrivé, ennuyé, secouant des papiers :

« Peut-être qu'avec des concessions…. Soyons raisonnables…, examinez vous-mêmes. »

Le secrétaire de la rédaction récapitule, la tête baissée, le doigt suspendu autour des titres, sur le registre. A la fin, tout s'arrange : on sacrifiera quelques « faits divers », l'étude du chroniqueur scientifique sur les microbes, qui peuvent toujours attendre.

— Et nous paraîtrons à l'heure ?

— A la minute ! »

Dans l'escalier, le metteur en pages croise la morasse qu'on descend au clichage :

pas déjà monstrueux d'y avoir tant seulement pensé?

La scène se passe au mess de la rédaction, dans les journaux du soir qui ont un mess. La plume après la fourchette; la fourchette avec le crayon, souvent, à cause d'un feuillet à relire, d'une épreuve à revoir.

« Eh bien! soit, ne nous combattons pas. On supprimera l'article sur les [illegible] de l'ex-

Le rédacteur en [illegible] un ancien officier décoré, [illegible] ces combattantes.

[illegible]

[illegible] eu. Lestie! On [illegible] par file à gauche.

[illegible]

[illegible] [illegible] des [illegible].

« Peut-être qu'[illegible] [illegible] [illegible] [illegible] raisonnables.... examinez-vous [illegible]

Le secrétaire de la rédaction récapitule, la tête baissée, le doigt suspendu autour des titres, sur le registre. À la fin, tout s'arrange : on écrirera quelques « faits divers ». L'étude du chroniqueur scientifique sur les microbes, qui peuvent toujours attendre.

Et nous paraîtrons à l'heure.

À la minute! »

Dans l'escalier, le metteur en pages croise la morasse qu'on descend au clichage :

LA VENTE EN GROS

« Le numéro d'hier était ficelé comme quatre sous. Dites donc au clicheur d'ajouter un peu de colle à sa terre de pipe. »

Ou bien, si le clichage se fait au plâtre :

« Dites donc en bas de surveiller les bulles d'air. des creux. »

Il y a évidemment

A l'heure, sinon à la minute, le journal sort. Les petites voitures de la vente dansottent sur le pavé. La cohue du matin recommence, tandis que les passants,

la face collée aux vitres, assistent au tirage des feuilles ten-
dues, roulées, tissées dans le flexible et vertigineux bat-
tement des raquettes.

Si c'est un jour de grosse nouvelle, la foule envahit la
salle des dépêches, commentant l'événement, soulignant
de réflexions cocasses le papier bleu épinglé dans le liège;
puis elle s'arrête, baguenaude, flâne au hasard des choses
entrevues ou regardées, autographes d'assassins, portraits
d'actrices, caricatures, statuettes, bustes, fouillis de tout et
de rien où la badauderie s'accroche. Si c'est un jour d'élec-
tion à tam-tam, la rue s'agite, déjà soulevée d'une curio-
sité, prête à rouler ses vagues de peuple sous les fenêtres,
devant les transparents qui s'illuminent d'une clarté rose
et blanche, brusquement traversée du noir des chiffres
annonçant les suffrages obtenus.

Quelques journalistes causent sur la chaussée. Des gens
se les montrent, quand ils valent la peine d'être montrés.
Un camelot soulève sa casquette : « Salut, citoyen ! » Et
se tournant vers les camarades : « Ce que je l'ai entendu
jaspiner dans les réunions, celui-là ! » Mais le grand
succès va au critique dramatique, un homme qui dore et
dédore les étoiles, intimide Coquelin, fait trembler Sarah
Bernhardt, réprimande les auteurs, soupèse l'esprit, passe
l'intrigue au fil de la phrase, déshabille les caractères,
signale les trous, blague les effets, rive les clous, pul-
vérise l'action, régente la scène du bout de sa lorgnette

braquée, mè-
ne l'opinion,
conseille les
loges, avertit les

fauteuils et pousse la toute-puissance jusqu'à gouverner le paradis.

« Je lui ai parlé une fois », dit un gavroche lettré qui est de la claque.

« Achetez!... » Le coup de clairon du camelot a de nouveau retenti sur les boulevards, aux stations des omnibus, partout. Autour des kiosques, l'acheteur afflue, jette sa monnaie, repart avec son journal déployé, pendant que les marchandes plient, rangent, classent les feuilles qui arrivent.

Et c'est ainsi que le journal emploie des milliers de bras, fait vibrer des milliers de cerveaux, verse l'esprit, sème l'idée, rit et pleure, tonne et chante, envolé par la ville et la soulevant avec lui, comme si la pensée lui avait donné ses ailes!

TABLE DES ILLUSTRATIONS

EAUX-FORTES

Achevé d'imprimer à la presse

LE VINGT-CINQ JUIN MDCCCXC

PAR A. LAHURE

POUR

LA SOCIÉTÉ ARTISTIQUE DU LIVRE ILLUSTRÉ

Paul Fontaine, gérant.